對美的渴望，是什麼？

對「物」的執迷、著魔，是什麼？

你（願意）殉什麼？你仰仗什麼而活？

語言與書寫，催生哪些「美」？

美是什麼？

在旅途中，你找尋什麼？

＃殉情殉教殉國
＃更錯亂的隱喻
＃引接與擺渡
＃怪物妖精的巢穴
＃場所精神
＃賞花櫻吹雪式的奇幻遭遇
＃繡花蕾絲鐵釘

當鄭重留下哪個物件在身邊，
我們是否就收藏了整個
意會、跋涉、前往、躑躅、決然與了然的旅程？

圖片提供／顏忠賢

我在那裡寄託著生存底每一痕太深、太重、
以致於不得不以物質來貼切表明,的刻鏤。

我在那裡寄託著生存底每一痕太深、太重、
以致於不得不以物質來貼切表明,的刻鏤。
我在那裡寄託著生存底每一痕太深、太重、

顏忠賢

黃以曦

# 一、物的魔幻亢進

忠賢，認識這許多年來，我們總一封又一封郵件往返地熱切談著那些我們對「**物**」的狩獵與渴望。說狩獵，但其實是愛不釋手地閱覽了那麼多美麗的東西，咬牙、在賣場最後折扣、忍痛下手。那個忍痛，既是賭上寫作這行近乎可笑的收入，更是，為了其他終究別過臉、無能入手的。而渴望，那不僅僅是、後來甚且非關、令我們心神蕩漾的種種什麼的希冀，而是，對某種美學講究，那個執迷、誠懇、頑強的回歸的鄉愁，渴望仍在那個時代，哪個「美」真是件什麼大事那樣的時代。
漂亮的東西……，對你我，並不是之於藝術，的另個所愛，它們就是同一件事，即是美，美的「**對**」、美的「**非如此不可**」。……豪華的浪費。耽迷，永無足夠正當性。
我們總是說著該將這些信件，彙成一部關於時尚的對談書寫。認真相信該有部論述，將物質上綱成抽象或飄渺，也將曖昧的美的概念，轉換地落實成足以由一件衣的打版、一個包的縫線、一條絲巾的配色、一張被單的收邊、一個度假套房的面海開窗……來舉證。
但我們又同時明白一本這樣的書，太遠，太荒謬了。直到今天，靈肉仍是二元的，關於一本托瑪斯．曼的戰慄，關於一件川久保玲的驚悚，其間的輻臻、平行、重疊或拓樸，在乎的人，儘管是有的，但如何找來集結成小小的祕會？畢竟也直到那麼久以後，遇到彼此，我們敢於承認，整個著魔或許可以是合理的。
記掛著這本未曾開始的書。或許讓這回對寫，作為一個關於巨大的失落之夢的小小清醒。
雖說對物件有相仿的愛，但你我仍是非常不同的書寫者。對我來說，所有細節將嵌成一個精神性、隱喻性魔幻，我在那裡寄託著生存底每一痕太深、太重、以致於不得不以物質來貼切表明，的刻鏤。而你，卻能錨住物件的每細節，放大成阿萊夫宇宙（註一），再在該宇宙的描摹底，透露那樣由該些物件所召喚的，所謂人，的靈魂。

總是跟你說，讀你鉅細靡遺地將一個物，立體化為一路長廊、一個龐然花園，那讓我想起卡夫卡〈流刑地〉中處置該個刑具的亢進——罪與罰、文明與荒蕪，仍那麼重，可寫作者，掉得太深，被那個原本不過是世界一小區塊的物的魔魅，給迷惑了。寫作就變成了別的樣子。如同寫作者不設防透露了像遇上梅杜莎的石化的純真，又同時是與物質終極對壘的世故。

我會想起安部公房那個故事中的故事，說有座城堡，駐守的衛兵認真戒備，有天，敵人真來了，衛兵立刻吹號角報訊，但營部毫無回應，敵人輕鬆擊倒他。就在最後一絲意識消融之際，衛兵目睹敵人像一陣風通過大門、越過城牆、跨進建築物。……不，像風的，不是敵人，是那座城堡。「**真相是，從頭到尾，只有這個孤伶伶的衛兵，像荒野中枯木一樣站得直挺挺地，戍守一座幻影……**」

幻影。每樁幻夢，都是為現實底就算小但絕對扎實的物所啟動的吧？一張虛擬的白牆，隱約又疏離得像粉筆畫的一扇門，這麼旋開，像《納尼亞傳奇》衣櫥背板洩出的銀白月光，一個世界，其實就是寫作者的一樁身世，這麼長了出來。

我想在這裡，在如此難得的「名正言順」底，再聽你說那些終究得與不可得的精品收藏的故事。

一如妳的對美的耽溺深入在流刑地式的魔幻亢進……我老想寫一本書叫作《**我殉了的那些包包們**》，一如殉情殉教殉國般地殉了包包的迷戀……近乎瘋狂的狀態……諷刺反射出所有古代到現代的著迷的過度認真，從人類學到美學到倫理學的，種種看待包包的迷亂……數百年來從到勞動到流亡依託保命保佑到血拼傾家蕩產的太多太多狂亂暈眩症狀。

一如怪包包的**神通**，一開始只是一個不可能提及神通的，太尋常的執迷現場，反諷尋常設計或時尚的氣味沉悶昏天暗地……但是太多讓人很費解的包包，可能充滿隱喻神通的種種神經兮兮……

更後來的我還想了太多太離奇的怪包包的，可能充滿神通的隱喻，人類學式的，老時代的人的活著仰仗、依賴著沉重的古老包包的「背」，或許可能是最古老又最原始的感動……

一如母親背小孩洗衣下田，一如馱夫挑夫的重擔卸不了的米布袋袋屯貨，一如苦行僧三藏背西方取的經書，或者一如非洲、中美洲老時代原住民部落土著背著沉重的採花採果採藥砍柴狩獵的……活著必須仰仗依賴的什麼，背著活在那個古老地方的艱難近乎癱瘓的可能度過的，特殊古老技能神通。我老覺得，老時代包包是一種逼迫人進入……活著太過艱難，而必須仰仗神通才能活下來的……勞動或生產或時間感充斥差錯延宕的隱喻。

另一種，包包的更錯亂的隱喻……「**抖包袱**」，打開包裹的未知的什麼……相聲表演藝術曲折離奇的修辭學高難度動作，收妖放妖般的離奇的炫技……

陰暗的見光，內朝向外的皺褶的消失，神祕莫測的隱藏的什麼，終於不得不現身了而包裹著可能等待或誘發出現的什麼……

那一回，那一個令人費解的，我所遭遇過最迷人或許也最具神通隱喻的怪包包……卻是京都三十三間堂裡，最著名千尊古代木雕千手觀音的旁邊二尊怪異妖神，風神和雷神……那是京都終極老寺廟的近乎奇蹟式的現場……全部都是稀世國寶的最古代歷史博物館般，充斥栩栩如生的神明保佑顯靈的沉重死寂的氣息中，最奇幻的那一個個老神明的動人老時代鬼見愁般的舊神像……尤其是風神。

或許也因為風神和雷神就是妖怪。但是雷神手上拿著閃電比較容易想像，然而那個更怪異的風神卻太過離奇，因為風神的風太抽象、太困難雕刻，如何刻出風、刻出風神可以馭風的神通感，最終的奇幻太過複雜又太過強烈，但是卻出現了那麼高明的神來之筆般的奇幻，因為竟然出現了一個懸空的怪包包。

風神的現身，竟是背著一個怪包包，充斥那種老時代美學對神通的隱喻，真是太過複雜又太過樸素的離奇，非常厲害地扛著近乎穿戴在雙肩上。風神猙獰的眼神很怪地望向遠方半空中，或許是凝結在那神通發生的瞬間，祂正要發功，運神力本事，將近乎災難異象妖孽般的通天疾風釋放出來……

但是，那卻是從某一個弧度怪異一如劍匣箭袋裹身的怪包包釋放出來，那包袱般的袋身，近乎就是喜怒異常一如妖怪的神明的祂……可以操控天機，操控人間種種天象的巨大的法器，無常又尋常的，怪包包的最終隱喻的神通廣大……

**殉包包**……一如有一回我異國旅行意外遭遇的奇觀……那個最古老的爪哇島……某一個全部充滿著鬼怪的神宮跟妖怪傳說的鬼地方。然後怪獸般的蟒蛇們（一如我）竟然全部殉了那些包包們。

一如太多女人迷戀時尚迷戀手袋皮包包到瘋狂血拼花光畢生積蓄近乎殉了她自己的人生般地偏執……一如殉國，殉情，有些人殉包包這種諷刺包包的這些奇怪狀態。

**某種荒謬的恐懼**，逼真的，甚至近乎瘋狂地真的，充斥著恐懼始終太過激烈……

那一回意外路過峇里島的末端……尋常的那種昂貴五星級飯店群商圈，頂級的華麗旗艦店，卻發現某個異常的怪店，講究氣派裝潢設計的豪華櫥窗裡，用心良苦地尋訪收羅陳列立面玻璃櫃，閃閃發亮的眼神端詳無法理解的……竟然著名設計師品牌款的包包全都在現場；但是也安放另一些再精心打版切割重組其品牌，近乎完美地複製的，全部用爪哇的蛇皮再生地附身般地重現……HERMES的、GUCCI的、CHANEL的、LV的還有更多經典款式……（山寨版的，但也近乎就是向所有的頂級時尚設計師致敬）全部型款式設計細節逼真細膩地繁複，然後就是一排排包包旁邊還有一隻隻真蛇的標本，栩栩如生……神祕詭譎，光暈昏暗迷離、空氣中瀰漫濃稠香水混合福馬林的怪異氣味，太像某種野生爬蟲類動物園或實驗室或博物館的稀世珍藏的稀有生物品種、印度教或藏教或更多密教的某種神獸妖怪木乃伊的，祕室獸神俑身塑像殿堂……

甚至更荒唐的，現場還有老店長一如道行極高的薩滿巫師焚香念咒，穿著印尼傳統古裝招呼客戶，竟然有型錄可以選蛇皮的各式各樣的顏色花紋款式地讓人挑下訂單。甚至最後到長木桌末端，令人更難想像地驚嚇，有一張張羅列的長十二公尺寬一公尺的那麼大的剖面展開樣品的蛇皮，花紋猙獰但是無限華麗。爪哇的近乎完美的神明龐然巨身的蟒蛇，但是鋪在地面卻仍然像一種充滿神諭典故的刺繡斑爛花紋的古老阿拉伯神祕地毯。但是，那卻都是竟然就是真的蛇。蛇有那麼多嗎？一如科幻電影災難片那種，那是真的……整個爪哇島的蛇都快要被因此屠殺光……一如陪葬般地殉了包包們。

我記得那些我擁有的，
用一種我其實仍無法化約地關閉其未來旅程
的方式去記得，
像是我不曾擁有。

# 二、物的結界，與新世界的轉接

忠賢，你這段關於包包、出發由似乎懺情、但終究不可或亦不願自拔地沉陷「物」其通往與被環繞的精神，恰好最適合作為例子，來梳理那些物與人的順與反轉。

每回，你發現了令你驚豔、掛念因而傷感的物事，我的信箱總有連續幾封、每封均載著數個巨大檔案的郵件。你會從不同角度、內裡、外側和細部，加上穿搭，來呈現你將述說的那個包、那件衣與鞋、掛飾項鍊或戒指，或難以定義的裙褲。這個、那個「怪東西」，你這樣開場，然後投入探險史詩或大河小說的深情，去寫那個「**怪**」，如何引接、擺渡了你。

那些照片該要是個「**證據**」，或至少是個起點、某個具體存在、某個哪模樣的物事，你的寫作，從那裡漫漶開。但事情並非如此。你對物的寫，更像是純然的發明，變出一個場景，一段已然鎖上或未到來的歲月，或一個外邊，一個法則獨立的時空。而那個物，某個物，在正中央，是那裡與這世界一處轉接口。

「**風神猙獰的眼神很怪地望向遠方半空中，或許是凝結在那神通發生的瞬間……**

**那卻是從某一個弧度怪異一如劍匣箭袋裏身的怪包包釋放出來，那包袱般的袋身，近乎就是喜怒異常一如妖怪的神明的祂……可以操控天機，操控人間種種天象的巨大的法器……**」。真的有這個包包嗎？還是人們終只能進入你宣稱由它啟動的書寫底的宇宙，唯一地見到？

我想起大衛·柯能堡的小說處女作《吃了》（書名Consumed，其實就是講消費、消耗、人的被物所擄獲）中某一段（我原本只期望蒐羅另一批柯能堡的邪異場景，卻未料它真像他曾改編其作品上大銀幕的唐·德里羅小說，同樣是物質奇觀的反思，德里羅更犬儒嘲諷一點，但柯能堡也有毫不含糊的銳利，而且，一如他電影的冰冷瘋狂）。

那故事講一對哲學教授夫妻，他們太迷戀各種知識的對壘，不斷朝對方拋去最實驗性、抽象、繁複又曲折的理論所實現的場景，然後在對方以同樣力道、高度辯證反擊底，獲得快感，由此對抗平庸日常。因為這樣，在無數亦真亦假的鬥智裡，妻子把當代藝術或電影或小說中才會出現的「真相」，誤為現實，陷入譫妄。

柯能堡將故事中男女主人翁由一回瞥見、一回心動、一陣飛掠的光影、一個日常或昂貴的物件，滔滔說了、做了起來，那些話語，原本為了「**吸乾日常世俗的緊張、焦慮、嫉妒、怨懟和小背叛所產生的毒素**」，但漸漸轉變成「**每日對抗死亡的藩籬**」，換句話說，原本散佚的現實事項，被語言收攏、兜起，累積的情境，憑空創造了人的整體經驗。

我看到了你的包的繚繞幻麗的美嗎？還是它們俱催生由你的書寫？它們對所有人都存在嗎，還是只有入戲了該個書寫，才能看見？而當看見，就得以嗅聞與撫觸嗎？

再引一段《吃了》的文字，書裡說，主人翁無中生有所發動的細節是那麼有說服力，令得「**實在性**」真也就霸道地進駐、占據、一切都是真的。就像被掃進小說或電影創造的現實，「**並不是你相信其正確無誤，而是這有機體的生命以強而有力的真理包覆著你，在每一個生理層次被人吸收。**」那些用寫作與物相糾纏的過程中，我也感覺到各種孔隙的通透與封鎖。

妳的大衛．柯能堡式的迷戀太混亂也太迷人了。一如我有一回不小心路過，走進去了麻六甲老街末端的那一家名字叫「龍與鳳」的，號稱中國古董文物展龍袍老衣服店的怪地方，那是在三寶山下的古城河畔巷中的，一家收藏價值連城的古衣博物館，充斥著濃濃年味的老建築廳堂深處的祕密感，裡頭滿牆體拉開了某種意義和形式都極端抽象又突顯的，老中國餘孽般的餘暉……所沿著好幾個老展示廳堂的老時代感……出現太多太稀奇太古怪的，久遠以前的老鳳冠舊絲湘繡花袍、斑斕童子金鎖片老虎鞋帽，甚至是許許多多極度揪心的，綁小腳的，破爛不堪但是華麗的繡花鞋種種。

那竟然是非常世故優雅的一對老情人經營的。他們極從容自若，彷彿藝術史家提起了他們在全球中國古董衣市場研究多年才收藏到的太多太多的刺繡花紋圖案印花、古老精密繁複華麗的老旗袍嫁裳龍袍種種典故……那個英國佬用那腔濃稠沉浸的優雅學究風英文說：我最愛的最後這件，是太過不可思議的僥倖，才意外收藏到的，四十多年來甚至只看過這一件。那是一個長江沿岸無名小城的飢餓村落村民拿到大街上兜售，他爺爺留下來當年他太祖父當義和團的團民起義反抗時穿著的兵團血衣，上頭印一個「勇」字在心口，收藏近百年的祖宗寶貝，最後太餓才捨不得地拿出來，換錢買米給小孩老人餬口救命的，先人遺憾的遺跡……仔細端詳，那衣著上還看得到他泣不成聲提起，當年爺爺孩提時代在紫禁城午門外看被捕被砍頭時的行刑現場，血腥味糾纏在帶血漬的那件義和團軍衣領口末端。意外發現老件般的奇遇……

路過看到了剛提到的「龍與鳳」那奇怪的老地方，好像因此而想得比較清楚某種自己始終想不清楚的事……在那很多怪東西的神經兮兮的怪店，城底暈黃暗黑巷尾，充斥著手工牛皮破爛工坊和舊銀飾配件的老店，甚至更慘更小的古董店群，那家叫作「龍與鳳」的古道具古董衣老店最可怕，非常狹窄的走道，進去只怕自己太激動惹麻煩，甚至可能老會撞到鬼東西，更多老件的什麼刺繡破裙襬、泛黃棉襖、清朝末代八旗子弟軍袍舊制服……老店裡還有很多收藏品味極端優雅、氣質出眾的老東西：三冊蠹蟲咬破精裝書的古寺巡禮、泛黃的老測試眼力字母表，枯枝當門額旁的破電表上的舊燈籠高掛，刺繡複雜龍頭鳥頭獸身的老朝服補丁，很多很亂，走道只有肩寬的兩側，都是很小仙的什麼沉重負擔不明歷代祖先殘留的骨瓷，臉頰破掉一半的木雕師傅手刻縫製傀儡或老戲偶，不明獸骨刻成神像佛像雕刻的種種不明教派舊法器，太多太多的老件籐箱寶貝木雕佛像箱盒念珠法器布符咒文，甚至還有民國初年針筒、救護箱、破爛防毒面具……一如小型的民族學博物館那種感覺怪異的恐懼症歧異差別的狀態，或就是更陰沉地以一個廟公願力或怨念支撐著搖搖晃晃的結界，只是摺皺縮入了一個老建築深處樓梯間旁邊的門洞……手工縫製龍鳳身紋像清代的舊繡囊，懸空於門柱房的祕密感。

我本來也想買點老件，但是覺得自己好像被暗示應該要早點離開撤退的不滿，好像誤入歧途的童子遇到仙人指路般的玩笑，我看不懂為什麼自己會遇到這種怪病般的洞口，可能會招惹了什麼深山躲入市井的怪物妖精的巢穴……所有裡頭的老繡袍及其袍身旁錯落的諸多傀儡神佛雕像都神情落寞，愁容滿面，老時代的變遷太久，喜氣或霸氣失焦，變成一個老神明或老妖怪的落難收容所……唯一活人的入口旁側的木製圍欄，圍住小間的老情人們，那麼沉著，頭完全沒有抬起過，但是他們好像曾經滄海難為水般卻煩躁地深知不用擔心，也不用理會我的小心翼翼……

出來之後，覺得自己好像剝了一層皮或是要去搜魂收驚般地……即使那老店只是一個落魄潦倒的小古董店，都好像回答了我的想了好久的問題……我的命沒那麼硬，也沒準備好去面對這種更深更底層的，呼吸聲般的存在感虛脫……比較像是路過的意外，攔路打劫就付過路財，進香朝山地巡禮祭拜就奉納，安分上路地別問太多神通的罣礙，沒有規矩地誤闖還能全身而退，就已然是有業報的提醒，深深地入手自己的天機末卜來自不明先知的厄運糾纏……最後的一如買護身符般地……我只買了一個很怪很小的怪東西，蛇腹皮黑白相間箍成看起來卻像蠶身的環繞著老銅釦收尾的怪異手工手環老件，那個老人還還拿出店後密密麻麻、以前老時代跑船的護身手環……舊木櫃身底層，種種大大小小的爪哇島老蛇皮還裹成蛇身狀……甚至就用吃力的中文，手指著蛇腹，跟我低聲解釋清楚怪獸般那部位的特殊雜紋，異常激動。最後那灰白癡迷老皮件工坊怪師傅還訕笑地對我招呼更多我聽不懂的話語……最後刻意還幫我左手肘扣上了獠牙狀的老銅釦，令愈來愈疲憊不堪的我死命想逃又逃離不了，意外發生又像宿命，始終不想承認，更使我覺得自己好像被押解，該上路犯人地要甘願認命……

著迷的遺棄感充斥……一如那最珍貴的鎮店之寶，還據說是明代的寶船千戶的戰袍，即使胸口刺繡的「永樂」字樣金線繡花龍紋千戶御賜布邊領口衣袖都早已被衣魚蠹蟲咬得殘破不堪……因為多方謠傳甚至就是三寶公（註二）家傳衣冠塚盜墓流傳出來的傳奇老件……

我記得那些我沒能帶走的，

用一種永恆地成為我的一部分的方式去記得。

它們已在我的身體，在我的寫作。

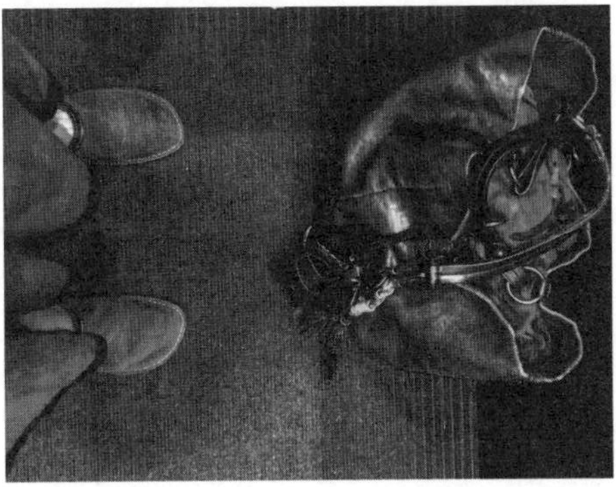

# 三、戀物的公路與迷路

忠賢，聽你說著老件，我感覺確實地去到那些街巷、大城小鎮、華麗或衰頹、滄桑又新鮮的時與空錯落的節點。當鄭重留下哪個物件在身邊，我們是否就收藏了整個意會、跋涉、前往、躑躅、決然與了然的旅程？一如那些壓箱老件糾纏的每一則或長或短的故事、一千零一夜夢境殞落。聽著，像海螺盡端旋出潮浪。每項物件，都是深邃空間，共振最遠因而最近的故事。

想聽你說，那些尋物、可終於為物所尋、所擄獲，的路途。

「**物**」，一直是我旅行時最難以制衡的迷思。在路上，我不曾真非要找到某個什麼不可、不曾鐵了心要某個限定款、多經典最值得的在地戰利品、不因巨大價差殺紅了眼……。對物，在旅途中反而是冷感的。取而代之，是想去看看它，它會在那個城市的哪裡呢？什麼氣質的街區，包圍著那裡的尺度感動，路上都瀰漫了怎樣氣息。……買，或沒買，其實非帶走不可的，只是那個場所精神……，非帶走不可的，是抵達之前那段蜿蜒。

**我記得**，復活節假期時空蕩蕩的倫敦 Sloane Street，我把臉貼在沒開的 Brown's的櫥窗，想看清楚人檯上那條蕾絲裙怎麼鉤鉤黏黏。我記得，離開了為朝聖電影而去的紐約 Serendipity 3 甜品店，師魂地晃蕩往傳說中的 Bergdorf Goodman，轉錯幾個彎，或者非關轉錯，而只是被整幅氣派極了的立面所貯存的光給誘惑，清醒時我已在 DKNY 的試衣間裡，儘管我在那之前與之後，都並不對這個品牌特別有感（對了，正是那一年，快速兜了一圈庫哈斯在 SOHO 的 Prada 空間，流連進旁邊 Green Street 的 Diesel 小藝廊，迷惘地看著牛仔褲陣仗中你的《Temple Chic》裝置藝術）。

我記得，在清潭洞混亂的地下鐵工程區塊，穿過了奇怪的冷清與沮喪氣息，儘管不安，仍硬要去 10 CORSO COMO，我太等不及何時才能去米蘭。我記得，整條 rue Saint-Honoré 在週日時買不到一條麵包、一包餅乾的飢餓，對我來說，無論 Colette、Goyard「**是**」什麼，它們永遠滲著些許那個慌亂的滋味。

我記得，一個又一個城市裡，找尋 Comme des Garcons 那些刻意低調到太高調的店，那份又甘心又不甘；我記得，Rue Cambon 上和大阪梅田百貨一級戰區裡的

Y's，是那麼樣的兩個世界，反差到我大悟：就連這個一身黑的傢伙的耽溺，原來也有盡頭。我記得，在安特衛普，我陷入概念先行的徬徨，「這麼漂亮的地方，一定得有些什麼！」那種感性壓過感性、理性壓過理性的錯亂，以致於進了任何店，我都暈眩得再無法真正看見。

我記得，一身旅人裝束，去到巴黎市區邊邊的 Baccarat 水晶博物館、YSL 基金會，藏不住無數的地鐵轉乘與迷路疲憊，假裝一派氣定神閒，硬撐優雅，在館員不注意時，偷偷拍照，亂七八糟的角度，拍到什麼都好。我記得那些懾人的美，或其實記得的只是自己對美的渴望。

我記得，床上那條花了三個月收入才買得起的 Society 床單，它這麼慵懶雍容，以致於我相信了只有那種麻質才唯一地適襯裸膚。我記得，衣櫥幾件排開的 Repetto tutu 紗裙，粉紅、白與黑的透明花瓣透著的迷離的光。我記得，鴨脷洲工業區裡在塵封角落發光的 Simone Rocha。我記得，Dover Street Market 裡那些比在它們自己本店裡還漂亮的 Azzedine Alaïa、Balenciaga……。

我記得那些我擁有的，用一種我其實仍無法化約地關閉其未來旅程的方式去記得，像是我不曾擁有。我記得那些我沒能帶走的，用一種永恆地成為我的一部分的方式去記得。它們已在我的身體，在我的寫作。

所以，到頭來，真是為了「物」嗎？還是只是通過對於端點的迷戀，才撐得開一個「**值得為此活下去的美麗**」的輪廓？無論那是否真的存在，總之我走進那裡，進去，住進去。

忠賢，於你，旅行之於戀物，又是什麼關係呢？

一如妳……我自己也在每一回時尚和旅行冒險的公路電影般一路出事的狀況，始終無法釋懷地虛弱差異困難重重，所有的情緒都還在波動之中一直停不下來或慢不下來，就感觸特別深。但是我也有一種很扭曲的方式安慰我自己，其實這些時尚和旅行的狀態和問題，都太奢侈了，我不過是從很辛苦的爛命中打開一個很小的裂縫偷跑出

來鬼混一下，能夠這樣子裝死裝瘋地逃出火場般地快轉一小段時光出國在陌生的天堂裡華麗冒險插曲，一如再下到更深的一層夢裡面再爭取到一點時間，那麼荒唐……再回去任務的緊張兮兮之中地，人生不堪負荷的逃離不了的收尾。

**時尚和旅行的意外**……老就像賞花櫻吹雪式的奇幻遭遇的巨大隱喻的更意外，到一如某種超現實主義式的意外發現的存在感的，逃生艙脫離險境式的，療程始終療癒不了……

時尚和旅行的公路電影式，逼問一生最深最後遺憾的補償性冒險……一如最難過的時候，某種一路迷路般的改變，好像找到了出路但是不可能，也還是動身；一如那困難重重的，別的其他的什麼都不可能有神諭暗示的失望自嘲腔調，甚至是人生太多無奈本身更內部的機蕊搪缸，只是還能動身就動身的委曲求全或是裝可愛或是鬼混放水。甚至幻想，可以用浮士德遇到魔鬼的透支生命額度的賭癮，再度找到另外一種切割和進入的更瘋狂更不同的暗黑系賭注……一如找尋一種不明的新的遊戲，而可能一生也不知道那是遊戲的尷尬……

另一種神明的祭拜儀式或祭品紙紮比較講究，所以比較靈驗，我們迷上的時尚其實只是一如妳說對「美」的偏執（比較起某些和我同年的故人，甚至是迷上了衝浪攀岩騎重機哈雷登山高空彈跳滑翔翼或真的飛機上空地跳傘，迷上了米其林餐廳或阿曼寶格麗半島酒店式奢華旅館，迷上了古畫古玉古錶古董相機古董文物的收藏癖癮，迷上了更怪異地泡茶泡咖啡養苔養蘭養鳥養血紅鯉魚養烏龜或變色龍……那種更神經兮兮地，為了找尋難一點的什麼的私冒險的貿然……），我始終也沒力再更用力地去找尋別的更貿然的什麼……

只是我也因此同時老會想像，如果有一天我什麼都不想要了……彷彿是得了厭食症一樣的厭倦，或是我那種因為不明病痛的折磨，而更內在改變這種時尚和旅行的冒險……而進入放棄人生的無法挽回的狀態。

**時尚和旅行的慌亂**……到底是什麼意思，對迷上這種慌亂的我而言，那好像是一種凹陷曲折離奇地摺疊，但是也一再重新被打開的一條條怪參道，一棟棟怪博物館，一個《全面啟動》式的某一個夢中，全部他住過的怪房子都被排在一起……成排重新回到自己小時候少年中年老年所迷過住過的老地方的破房子……都變成是空間摺皺了時間必然內凹的迷宮、巴別塔、歧路花園或是更多只要上路就一定迷路的可能……

也因此使我始終開心又傷心地想到太多，有種心情是難以理解地只要一出國一到了米蘭、倫敦、紐約、東京種種時尚的首都……開始認真逛，我就老更覺得自己是土著。倒不是說旅行的遠方的幻象太迷幻，就只是想到我們老自己在美學遙遙落後的台北久了自己不免厭食了……甚至也還不自覺切換來出國幾天，彷彿感覺敏感一點味蕾尖一點胃口也好一點厭食症候輕了點，但是就要回去了……

在某一個異國旗艦怪店裡，所感覺到的前所未有的細節講究的方式，一件一件奇怪的材料實驗的衣充斥著繡花蕾絲鐵釘還竟然有縫隙滲進般幻想縫入縫線車線版型實驗室都像一個怪異的實驗室。一如充斥著太多太複雜（妳形容的波赫士阿萊夫式可能的）怪衣服的怪店，充斥著實驗感的動人……另外就是更多樓層的更多怪牌子，有些聽過有些沒聽過但是都很用力。有一個牌子是英國完全手工做的老東西材質、版型、概念及型，都好像是工業革命以前的花樣；有一間全部都是印第安的手工織物、貝殼、土耳其藍寶石、刺繡……非常細膩講究。有一樓是印度的最高級的麻和棉所做成的圍巾、布帽、襯衣、長裙……摸起來像飄逸地像雲朵；有個牌子模特兒是用撕破工業卡其厚紙箱的歪歪斜斜紙碎片畫上極度粗暴的寶藍、血紅、芥茉黃、粉紫粉青粉綠油彩，拼湊成的人形，衣服褲子帽子也都是這麼花的圖形，太多太多的怪時尚都很怪也都已是美術館等級的鬼東西，都像一朵朵異形的諸多瓣膜的花瓣盛開……

有件川久保玲的五分寬版低襠短褲，是用厚透明塑膠材質做的，不仔細看，還以為是塑膠袋……有雙MMM的步鞋，是故意做成好像是還沒有拼裝起來或是扯壞掉了的內裡材料都露出來的，破爛不堪的混亂鞋面。或是銀樓般的CHROME HEARTS做了所有的純銀鑄造雕花講究的鬼東西：銀哨子、銀鋸子、銀削鉛筆機、吉他的銀調弦器、銀錘……最後端有雙怪球鞋，非常昂貴，連球鞋的繫帶全部都是用小羊皮真皮和純銀做的皮繫帶頭。太多太奇怪的太尋常的鬼東西代表的是一種老時代（恐懼吸血鬼作祟般的）古代貴族血統般的存在感及其態度，是一個帝國大內御用的什麼日常生活規格的小物，切換成銀製的鬼東西，都可以做降魔法器般地炫人。

另外一樓角落的怪書展……有一堆怪攝影集：拍荒野的荒蕪，拍鬧鬼般的工業遺址，拍更古老的怪廢墟，拍流浪漢，吉普賽流亡路線。印象更深的還有一本書叫作「墮落」計畫，有一大堆辯論包含有一頁是墮落契約頁，參與者必須簽名：做各種敗壞的勾當：偷竊、虧空公款、揍人、所有壞事……有的沒的勾當神經兮兮計畫，最後在美術館展覽現場對話，對觀眾和藝術家說參與者們在墮落的過程有什麼掙扎……

太多太多「墮落」般地冒險及其可能，意外發現的狀態……一如我在東京終於找到Rick Owens的怪旗艦店，好像某個祕教祭壇聖殿，充斥著他那種古怪的陌生出奇怪誕的祕教法器法衣般的鬼東西，暗黑系的高難度曲折離奇的布紋材質的質感料子版型，和細節極為迷人的種種車紋帶扭曲變形繫帶厚底楔接細部都極度精密複雜……甚至所有他幾年來設計的怪球鞋奇形怪狀長短靴都好像異常精緻繁複講究的雕刻藝術般，在怪店的那道怪光牆上，被成列排列起來，像縮小神雕像女兒節儀式般成排的極端動人的華麗登場地令人注視……

那大店裡充斥著氣味光線冷冽極端的荒謬感，最後焦點竟然是設計師自己肉身裸體作為一個妖怪站在玻璃的走廊的最後端。但是懸疑的，肉身完全等人身高長髮長手但是卻沒有腳，只有彎曲變形臃腫的怪尾巴……長尾身還充斥著不明材質逼真如妖怪肉身甚至長出毛髮。我最後還就困在那廊尾，更仔細端詳那植入細膩像極了真實肉體長出來的，混亂不規則的頭毛或腿毛或腋毛或陰毛的毛髮，就像日本老時代傀儡戲的鬼娃娃頭髮，使用真人頭髮植入的古代神祕技術的栩栩如生，但他是全身赤裸，上半身賁張肌肉，下半身某塊蝸牛腫囊肉團長尾巴最後竟然長出獠牙……

（發表於《印刻文學生活誌》一六八期，二〇一七年八月）

## 註釋

註一——阿萊夫宇宙：〈阿萊夫〉是阿根廷作家波赫士（J. L. Borges）創作於一九四九年的短篇小說。波赫士在小說中指稱這個出現在情敵地下室的神祕燦爛小圓球：「阿萊夫就是包含著一切的點的空間的一個點」，「包含著世界一切」（也包含著對於欲望對象的一切想像與執念），是「不可思議的宇宙」；並使小說敘事者感到「無限崇敬，無限悲哀」。有論者指出，阿萊夫也代表著情感主體的記憶重現、現實感受和未來幻覺的「心靈返照」的交疊、集合的巨量壓縮。

註二——三寶公：即明成祖年間，率領史上首次大規模船團訪問三十多個西太平洋和印度洋沿岸的國家和地區的宦官鄭和（一三七一～一四三三）。史稱「鄭和下西洋」，共遠航七次，歷時二十八年，總航程達七萬多海里。鄭和原姓馬，小名三寶（又作三保），明成祖賜姓鄭，故稱鄭和。顏忠賢更以此為題材，創作小說《三寶西洋鑑》。

## 譯名對照

托瑪斯・曼 P. Thomas Mann（德國作家）

唐・德里羅 Don DeLillo（美國小說家）

庫哈斯 Rem Koolhaas（荷蘭建築師）

德勒茲 Gilles Deleuze（法國哲學家）

瓜塔里 Félix Guattari（法國哲學家）

## 延伸閱讀

大衛・柯能堡（David Cronenberg），《吃了》，陳靜妍譯，台北：小異，二〇一七年。

顏忠賢，《三寶西洋鑑》，台北：聯經，二〇一七年。

克里斯多夫・諾蘭（Christopher Nolan），《全面啟動》，二〇一〇年。

# 最好的，最怪的版本

顏忠賢

對寫最好的最怪的版本或許是……朱熹和陸九淵的鵝湖之會，忽必烈和馬可波羅的看不見的城市，還是德勒茲和瓜塔里的千高原……

## 顏忠賢

小說家。藝術家。曾任實踐大學建築設計系系主任、現專任教授。

獲台灣文學館長篇小說金典獎，台北文學獎，亞洲週刊年度十大小說，中國時報開卷年度十大好書獎，美國紐約MOMA／PS1駐館藝術家，台北駐耶路撒冷、加拿大交換藝術家，藝術、設計作品曾赴多國參加展覽，出版小說、詩、散文、影評、書評、設計評論、藝術作品集、建築評論二十餘本書：《三寶西洋鑑》、《寶島大旅社》、《殘念》、《老天使俱樂部》等多部。

## 黃以曦

作家，影評人。著有《謎樣場景：自我戲劇的迷宮》、《離席：為什麼看電影》。